O MENINO AZUL

CECÍLIA MEIRELES

O MENINO AZUL

Ilustrações **Camila Carrossine**

global
editora

© Condomínio dos Proprietários dos Direitos Intelectuais de Cecília Meireles
Direitos cedidos por Solombra – Agência Literária (solombra@solombra.org)

4ª Edição, Global Editora, São Paulo 2023
2ª Reimpressão, 2025

Jefferson L. Alves – diretor editorial
Flávio Samuel – gerente de produção
Juliana Campoi – coordenadora editorial e revisão
Camila Carrossine – ilustrações e capa
Fabio Augusto Ramos – projeto gráfico

O poema "O menino azul" foi originalmente publicado na
obra *Ou isto ou aquilo*, de Cecília Meireles, cuja primeira edição é de 1964.

A Global Editora agradece à Solombra – Agência Literária pela
gentil cessão dos direitos de imagem de Cecília Meireles.

Dados Internacionais de Catalogação na Publicação (CIP)
(Câmara Brasileira do Livro, SP, Brasil)

Meireles, Cecília, 1901-1964
 O Menino Azul / Cecília Meireles ; ilustrações Camila
Carrossine. – 4. ed. – São Paulo : Global Editora, 2023.

 ISBN 978-65-5612-295-3

 1. Poesia – Literatura infantojuvenil I. Título.

22-109349   CDD-028.5

Índices para catálogo sistemático:
1. Poesia: Literatura infantil   028.5
2. Poesia: Literatura infantojuvenil 028.5

Cibele Maria Dias - Bibliotecária - CRB-8/9427

Obra atualizada conforme o
NOVO ACORDO ORTOGRÁFICO DA LÍNGUA PORTUGUESA

Global Editora e Distribuidora Ltda.
Rua Pirapitingui, 111 – Liberdade
CEP 01508-020 – São Paulo – SP
Tel.: (11) 3277-7999
e-mail: global@globaleditora.com.br

grupoeditorialglobal.com.br   @globaleditora
blog.grupoeditorialglobal.com.br /globaleditora
/globaleditora   @globaleditora
/globaleditora   @globaleditora

Direitos reservados.
Colabore com a produção científica e cultural.
Proibida a reprodução total ou parcial desta
obra sem a autorização do editor.

Nº de Catálogo: **4594**

O menino quer um burrinho

para passear.

Um burrinho manso,

que não corra nem pule,

mas que saiba conversar.

O MENINO QUER UM BURRINHO

QUE SAIBA DIZER

O NOME DOS RIOS,

DAS MONTANHAS, DAS FLORES,

— DE TUDO O QUE APARECER.

O MENINO QUER UM BURRINHO

QUE SAIBA INVENTAR

HISTÓRIAS BONITAS

COM PESSOAS E BICHOS

E COM BARQUINHOS NO MAR.

E os dois sairão pelo mundo

que é como um jardim

apenas mais largo

e talvez mais comprido

e que não tenha fim.

Acervo pessoal

Camila Carrossine passou a infância rabiscando papéis e paredes em apartamentos paulistanos. Sempre quis fazer mais de uma coisa. Ilustradora e escritora de livros, diretora e roteirista de animação. Mãe. Gosta de chá, com chuva, com livro. Pé com meia e cochilo. Não gosta de lugares fechados e apertados, a vida é tão maior que um quadrado.

Formada em Artes Visuais e pós-graduada em Direção de Arte, Camila já ilustrou mais de 30 livros publicados por diversas editoras. Para conhecer mais do seu trabalho, visite: www.camilacarrossine.com.

Cecília Meireles nasceu em 7 de novembro de 1901, no Rio de Janeiro, onde faleceu, em 9 de novembro de 1964. Publicou seu primeiro livro, *Espectros*, em 1919, e em 1938 seu livro *Viagem* conquistou o prêmio de poesia da Academia Brasileira de Letras. Considerada uma das maiores vozes da poesia em língua portuguesa, foi jornalista, cronista, ensaísta, autora de literatura infantojuvenil, professora e pioneira na difusão do gênero no Brasil. Em 1965, recebeu, postumamente, o Prêmio Machado de Assis da Academia Brasileira de Letras, pelo conjunto de sua obra.